故宮御貓夜遊記 ⑪

吻獸身上的寶劍

常怡／著　小天下 南畔文化／繪

中華教育

責任編輯：謝燿壕
裝幀設計：鄧佩儀
排　　版：鄧佩儀
印　　務：劉漢舉

故宮御貓夜遊記 ⑪
吻獸身上的寶劍

常怡 / 著　　小天下 南畔文化 / 繪

出版 | 中華教育

香港北角英皇道 499 號北角工業大廈 1 樓 B 室
電話：(852) 2137 2338　傳真：(852) 2713 8202
電子郵件：info@chunghwabook.com.hk
網址：http://www.chunghwabook.com.hk

發行 | 香港聯合書刊物流有限公司

香港新界荃灣德士古道 220-248 號 荃灣工業中心 16 樓
電話：（852）2150 2100　傳真：（852）2407 3062
電子郵件：info@suplogistics.com.hk

印刷 | 高科技印刷集團有限公司

香港葵涌和宜合道 109 號長榮工業大廈 6 樓

版次 | 2022 年 5 月第 1 版第 1 次印刷

©2022 中華教育

規格 | 16 開（185mm x 230mm）

ISBN | 978-988-8807-02-4

我叫胖桔子，是隻貓。

我是故宮的主人。雖然，我只有一歲。

聽說，故宮從前屬於一個叫作皇帝的人。

我不認識他，我只知道故宮現在是我們御貓的。

既然是這裏的主人，我當然就要做出主人的樣子，比如幫助故宮裏的怪獸啊、動物啊解決一些麻煩。甚麼？你說一隻御貓能做甚麼？喂喂喂！你可不要小看我們御貓。

1

夏天快要結束的時候，御花園的寶相花街上，突然貼出了一張廣告。廣告上頂頭寫着三個大字：英雄帖。

帖上寫道：故宮裏如果有誰能拔出插在吻獸身上的寶劍，龍大人將會滿足他三個願望。

下面還有一行小字，寫明時間是今晚十點，地點在太和殿前廣場。

英雄帖

從黃昏時廣告被貼出來起，它的周圍就一直圍滿了御貓、黃鼠狼、松鼠、刺蝟、烏鴉、麻雀、喜鵲、鴿子……偶爾，他們中間還會出現一隻怪獸或者一位神仙。

等我看到這張英雄帖的
時候，天已經快黑了。這主
要是因為我午覺睡得太沉，
起晚了。幸虧我們貓族有超
級厲害的夜視能力，讓我在
這麼晚的時候依然能看清楚
上面的字。

我舔了舔身上的毛，朝着箭亭走去。一路上我幾乎遇到了故宮裏所有認識的動物，連平時躲在房檐下面的壁虎都出現了。看來，大家都想去碰碰運氣。

我真想勸他們不要白費力氣了，我才是故宮的主人！如果說誰能拔出吻獸身上的寶劍，那除了我還能有誰呢？

　　聽說，那把寶劍是六百多年前，一位叫朱棣的明朝皇帝讓人插在吻獸身上的。

　　那時候的吻獸並不想守護故宮，一心只想回到大海裏，所以他經常會逃跑。吻獸是水精，皇帝認為只有吻獸鎮守着故宮，故宮才不會着火。他問大臣們，有甚麼好辦法能防止吻獸逃跑。於是，就有一位大臣出了個主意：用許遜的寶劍，把吻獸釘在房樑上，讓他想跑也跑不了。

許遜是古代非常有名的道士，會降妖除魔。他的寶劍是一把扇形劍，無論甚麼妖魔鬼怪，只要碰到劍上，都會被降服。吻獸是神獸，人類一般的寶劍肯定拿他沒辦法，所以那位大臣才想起了許遜這把神劍。

朱棣皇帝覺得這是個好辦法，就讓宮廷侍衛用許遜的扇形劍把吻獸釘到了高高的房樑之上。神劍真的很厲害，從此吻獸就再也沒有跑出過故宮。

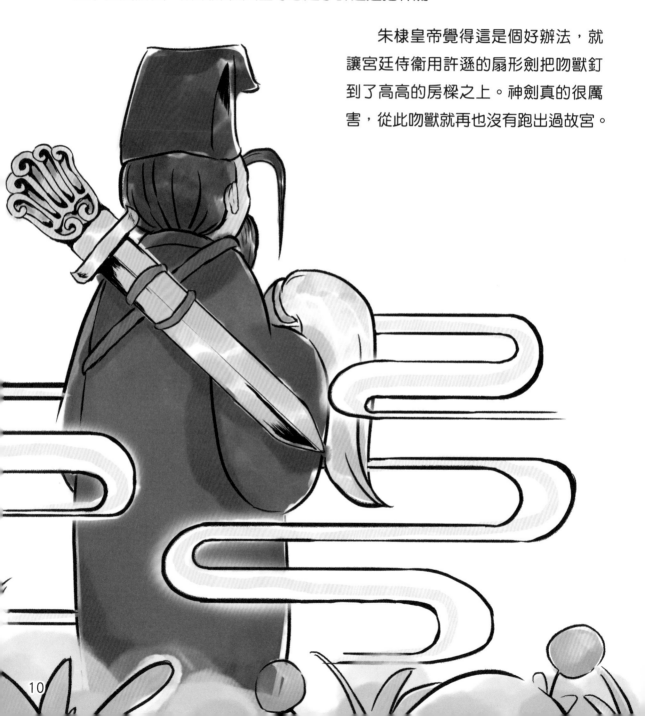

在吻獸身上插了六百年，再厲害的神劍，現在也不結實了吧？我心裏琢磨着。既然是故宮以前的主人——皇帝把它插到吻獸身上的，那就由我——故宮現在的主人把它拔下來吧！

但是，一旦把劍拔下來，我要讓龍滿足我哪三個願望呢？這可讓我有些為難了。

我的願望實在太多了：吃遍全世界最好吃的魚，吃遍全世界最好吃的雞，吃遍全世界最好吃的罐頭，吃遍全世界最好吃的貓糧⋯⋯等等！怎麼全是吃的呀？

我甩甩頭，不行，不行！不能光想着吃呀！
我還有別的願望呢，比如，媽媽能活到一百
歲；再比如，當上故宮的貓首領……嘿嘿，
沒錯，這就是我胖桔子小小的野心。

一路上胡思亂想着，等我緩過神來，發現自己已經站在太和殿前廣場上了。

廣場上擠滿了動物，還有幾位神獸，連常年躲在泥土裏的鼫鼠家族都來了。

　　當月亮爬上樹梢時，龍和天馬呼的一下出現在了太和殿的屋頂上，就像變戲法一樣。

　　「非常感謝各位英雄的到來。」龍用低沉的聲音說，「我們將給每位英雄一次機會，誰能拔出吻獸身上的寶劍，我就會滿足他三個願望。」

　　聽到龍這麼一說，廣場上的動物們立刻激動起來。大家都四處張望尋找吻獸。

龍接着說：「吻獸此刻在太和殿的屋頂，不能登上屋頂的英雄，天馬會幫忙載你飛上屋頂。」

我踮起腳尖，往太和殿屋頂上看去，可惜屋頂實在太高了，我沒看到吻獸的影子。

動物們排起長長的隊伍，都希望自己是最幸運的那一個。

但是，無論是力氣很大的警犬，還是特別聰明的狐狸，從屋頂上下來後，都耷拉着腦袋，一副垂頭喪氣的樣子。

慢慢地，隊伍只有之前的一半長了。可是，仍然沒有誰能成功拔下吻獸身上的寶劍。

排在我前面的鸞鳥，是披着五彩羽毛的神獸。她飛上屋頂後，屋頂上甚至閃耀出了五彩的光芒。但是，她很快就飛走了。

緊接着，我便聽到龍的聲音：「下一位。」

輪到我了！

我騎到天馬背上，呼的一下飛上了高高的太和殿屋頂。

　　金色的琉璃瓦在月光的照耀下，像是一層層的魚鱗。屋脊上，吻獸沐浴着月光，龍頭高高揚起，大鯉魚一樣的身體閃閃發光。寶劍的劍刃插在他的身體裏，他的背上只有一個扇子形的劍把露在外面。

「這次是誰呀？」吻獸輕聲問。

「是我，胖桔子。喵。」我回答。

「啊，珍寶館的胖桔子呀，好久不見。」

「是呀，喵。」我笑着說，「不過，你背了這把劍這麼多年，
為甚麼現在忽然想拔下來了呢？」

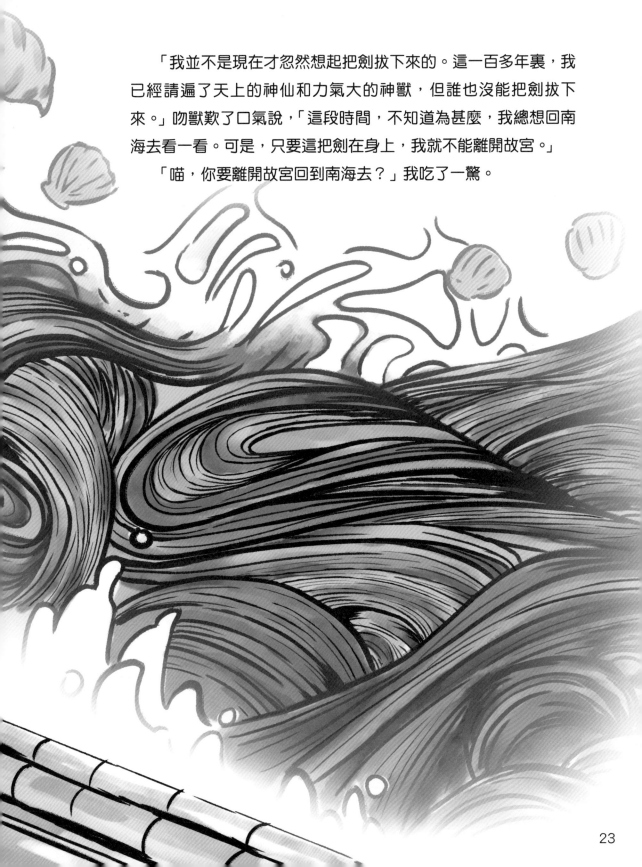

「我並不是現在才忽然想起把劍拔下來的。這一百多年裏，我已經請遍了天上的神仙和力氣大的神獸，但誰也沒能把劍拔下來。」吻獸歎了口氣說，「這段時間，不知道為甚麼，我總想回南海去看一看。可是，只要這把劍在身上，我就不能離開故宮。」

「喵，你要離開故宮回到南海去？」我吃了一驚。

吻獸搖搖頭說：「我只是想回家鄉去看看。我已經答應龍大人守護故宮，所以無論如何，我都會回來的。」

「怪不得龍大人願意幫你。」我鬆了口氣說，「那就讓我來拔下你身上的寶劍吧！」

「辛苦你了！」

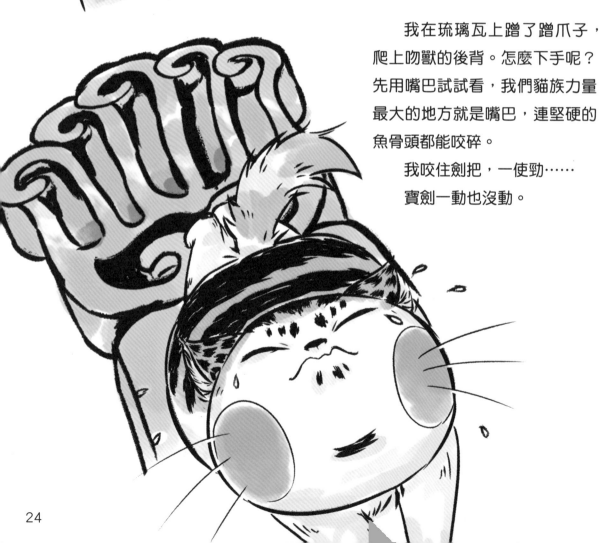

我在琉璃瓦上蹭了蹭爪子，爬上吻獸的後背。怎麼下手呢？先用嘴巴試試看，我們貓族力量最大的地方就是嘴巴，連堅硬的魚骨頭都能咬碎。

我咬住劍把，一使勁……寶劍一動也沒動。

嘴巴不行，那試試腿吧。我用後腿猛蹬劍把，寶劍還是沒動。

比我想像的要難哪！

「怎麼樣？」吻獸的聲音從下面傳過來。

「喵，沒有成功。」我不好意思地說。

吻獸歎了口氣說：「看來只能再讓別人試試看了。」

「如果連我都拔不出來，故宮裏應該也沒有誰能把劍拔出來了。」我說，「我並不是覺得沒面子才這樣說，這是我認真思考後得出的結論。」

「哦？」

「我媽媽經常說，只有我自己才能改變自己。比如減肥，如果我動都不想動，誰也沒辦法能讓我瘦下來。所以……」

「甚麼意思？」吻獸困惑地看着我。

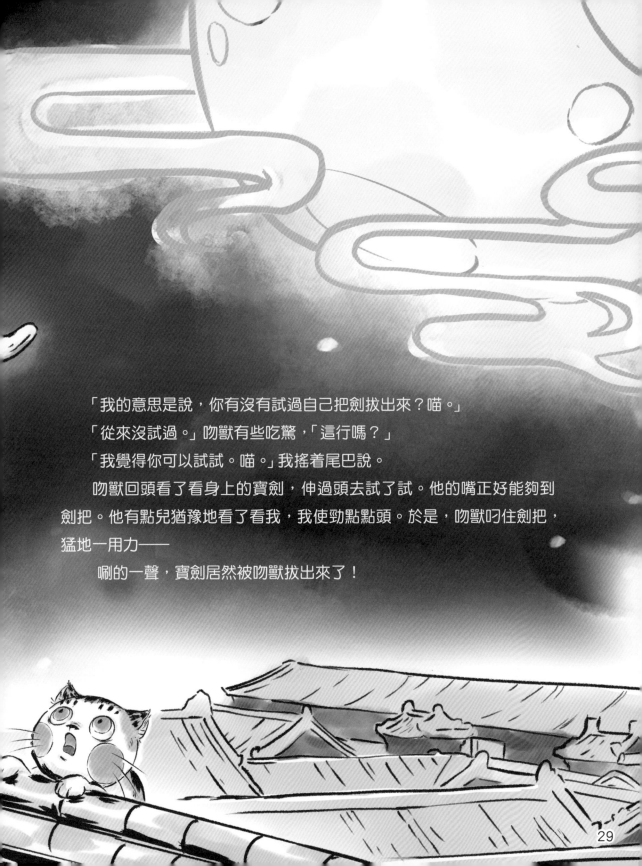

「我的意思是說，你有沒有試過自己把劍拔出來？喵。」

「從來沒試過。」吻獸有些吃驚，「這行嗎？」

「我覺得你可以試試。喵。」我搖着尾巴說。

吻獸回頭看了看身上的寶劍，伸過頭去試了試。他的嘴正好能夠到劍把。他有點兒猶豫地看了看我，我使勁點點頭。於是，吻獸叼住劍把，猛地一用力——

唰的一聲，寶劍居然被吻獸拔出來了！

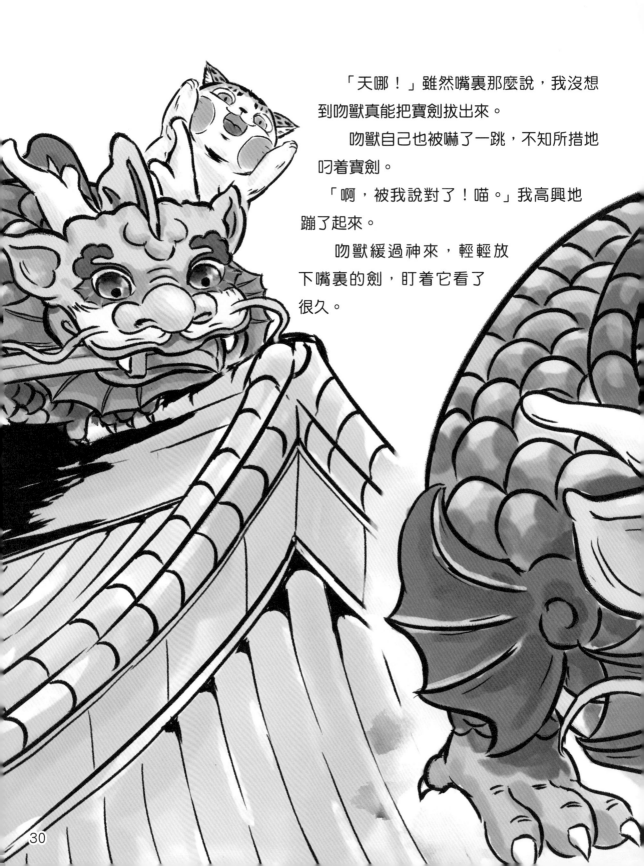

「天哪！」雖然嘴裏那麼說，我沒想到吻獸真能把寶劍拔出來。

吻獸自己也被嚇了一跳，不知所措地叼着寶劍。

「啊，被我說對了！喵。」我高興地蹦了起來。

吻獸緩過神來，輕輕放下嘴裏的劍，盯着它看了很久。

「太好了，這下我可以回南海看看了。」他抬起頭，看着我說，「真感謝你呀！胖桔子。」

　　雖然我很替吻獸高興，但因為是他自己拔出的寶劍，我的三個願望算是泡湯了。

聽說吻獸那天夜裏就飛去了南海。但是，當我第二天早晨路過太和殿的時候，他已經穩穩地趴在太和殿的屋脊上了。

屋頂最高處的神獸

吻獸

我是辟火災、激雨浪的神獸。我的故事即使在古書中也很少記載，假如想了解我的話，我也一定會告訴你的。先從我一直待的位置說起，想在故宮找到我，你要先抬頭，舉起高倍數的望遠鏡，將目光聚焦在太和殿的最上方。

沒錯，身上插住寶劍的是我！我的龍尾向後捲曲，鱗甲一身，大口張開，牢牢銜住太和殿正脊兩端，頭髮和鬍鬚自然飄逸。我背上寶劍的故事，看完這冊的你已經很了解了吧？

蚩者，海獸也。漢武帝作柏梁殿，有上疏者云：「蚩尾，水之精，能辟火災，可置之堂殿。」今人多作鴟字，見其吻如鴟鳶，遂呼之為鴟吻。

——蘇鶚《欽定四庫全書‧子部‧蘇氏演義》

蚩是海獸。漢武帝下令興建柏梁殿，有上書的人說：「蚩尾是水中精靈，能夠避免火災發生，可以把它的塑像放在殿堂頂。」現在的人多寫成「鴟」字，見到它的口邊像鴟鳶那樣，就稱呼它做「鴟吻」。

小宮殿裝大理想

江 山 社 稷 金 殿

　　乾清宮前，有兩座只有 1.4 米高的小宮殿。清朝官書《日下舊聞考》記載了屬於它們的名字：江山社稷金殿。

　　東邊的是江山殿，西邊的是社稷殿，合稱為江山社稷金殿。「江山」是江河與山嶺，也可借指國家政權；「社稷」是土地神與穀神，寓意國土。

　　殿小神通大，兩座袖珍宮殿裝下了明清兩朝帝王的宏大理想。它們造型精美，斗拱、走獸、額枋等宮殿建築外觀構造應有盡有。雖然銅色殿身早已斑駁，但精美的花紋依然清晰。

（見第 1 頁）

逛累了？在這休息一下 井 亭

　　紫禁城的水井像人一樣，也是住在房屋中的。皇帝住的叫宮殿，水井住的就是井亭。

　　御花園的東側仍保留一處井亭。由於水井已不再使用，所以上方加蓋了厚重的井石，讓水井看似石桌，很多遊人也會把此處當成休息的地方。

（見第 4 頁）

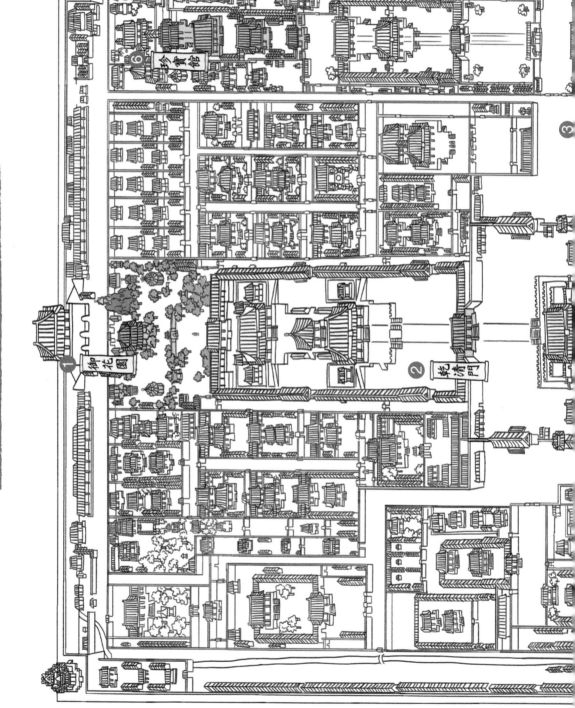

紫禁城（故宮博物院）導覽地圖

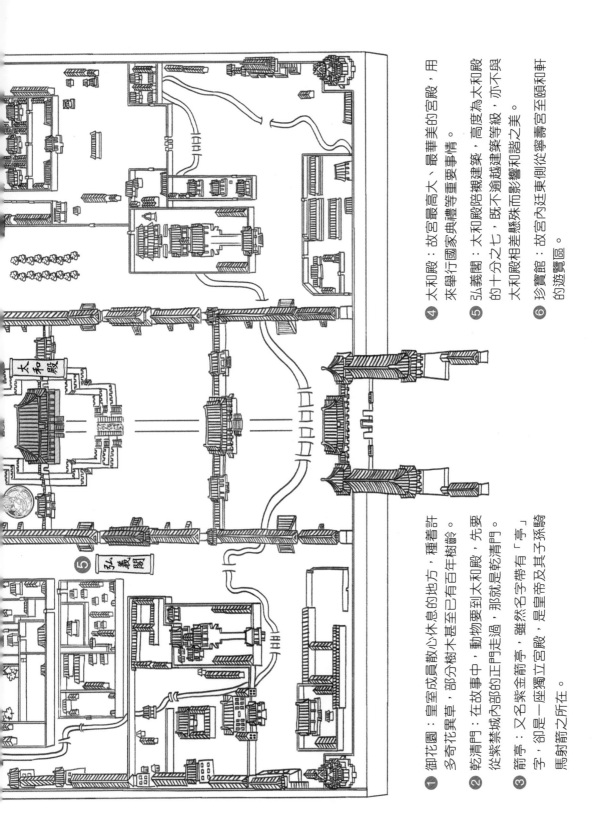

1. 御花園：皇室成員散心休息的地方，種著許多奇花異草，部分樹木甚至已有百年樹齡。

2. 乾清門：在故事中，動物要到大和殿，先要從紫禁城內部的正門走過，那就是乾清門。

3. 箭亭：又名紫金箭亭，雖然名字帶有「亭」字，卻是一座獨立宮殿，是皇帝及其子孫騎馬射箭之所在。

4. 大和殿：故宮最高最大、最華美的宮殿，用來舉行國家典禮等重要事情。

5. 弘義閣：大和殿陪襯建築，高度為大和殿的十分之七，既不逾越建築等級，亦不與大和殿相差懸殊而影響和諧之美。

6. 珍寶館：故宮內廷東側從從籌壽宮至頤和軒的遊覽區。

41

常 怡

　　當你們抬起頭，看着故宮金黃色屋頂的脊梁兩端時，有沒有看到兩隻背上插着寶劍的怪獸？

　　那是我最愛的怪獸——吻獸。

　　傳說漢武帝建柏梁殿時，擔心自己的宮殿會着火。有大臣告訴他，大海中有一種怪獸，尾巴像鴟鷹，是水精，可以吞火，可以請來守在房頂上防火。吻獸的塑像由此出現在了宮殿之上。

　　吻獸的背上還插着一把寶劍，相傳是許遜用過的神劍，可以斬妖除魔。吻獸特別嚮往自由，別的怪獸都乖乖守着宮殿，只有牠找到機會就會跑回大海裏。為了能讓牠永遠守在皇宮裏，古人就在牠背上插了把神劍防止牠逃跑。

　　古書裏對怪獸的描述一般都是長甚麼樣子，有甚麼本領，象徵着甚麼。像吻獸這樣有性格描寫的真是獨一無二。

　　我喜歡吻獸的原因除了牠長得特別神氣外，還有就是牠永不妥協的性格。

北京小天下時代文化有限責任公司

　　說到英雄帖，這可是所有武俠小說中最激動人心的故事開始，本篇故事也不例外。為了體現出英雄帖的強大吸引力，我們創作了各種各樣小動物的形象，並且根據情節為牠們繪製了各種不同的表情，有認真，有興奮，還有失望。

　　而我們的胖桔子，更是有數不清的內心戲，誰讓他是我們的主人公呢！不過故事的結局比較出人意料，因為我們的主人公最終沒有成為拔出神劍的大英雄，真正的大英雄是吻獸自己。

　　這就像我們的人生，有困難的時候，只有自己才能拯救自己，只想着依靠別人是不行的。小朋友，你的生活裏有沒有發生過類似的事情呢？思考一下，我們應該如何去面對困難吧！

　　這篇故事中出現了一位名叫朱棣的皇帝，他是明朝的第三位皇帝，北京故宮的締造者，也是一位英雄人物，你了解他的故事嗎？感興趣的話，可以請爸爸媽媽給你講一講。